AF318494

ARIODANT,

DRAME

EN TROIS ACTES ET EN PROSE,

MÊLÉ DE MUSIQUE.

ARIODANT,

DRAME

EN TROIS ACTES ET EN PROSE,

MÊLÉ DE MUSIQUE.

ARIODANT,

DRAME

EN TROIS ACTES ET EN PROSE,

MÊLÉ DE MUSIQUE;

Représenté pour la première fois le 19 Vendémiaire, an 7, sur le Théâtre FAVART.

Par HOFFMAN;

Musique de MÉHUL.

———

A PARIS,

Chez { HUET, Libraire, rue Vivienne, n°. 3;
{ CHARON, Libraire, passage Feydeau.

AN 10 DE LA RÉPUBLIQUE.

PERSONNAGES.

EDGARD, prince de l'ancienne Écosse.
INA, fille d'Edgard.
OTHON, prince hibernien.
ARIODANT, simple chevalier, amant d'Ina.
LURCAIN, frère d'Ariodant.
DALINDE, suivante d'Ina.
DEUX BRIGANDS.
HOMMES et FEMMES de la cour d'Edgard.
JUGES.
SOLDATS.

La scène est dans le château d'Edgard.

ARIODANT,

DRAME EN TROIS ACTES ET EN PROSE

MÊLÉ DE MUSIQUE.

ACTE PREMIER.

SCÈNE PREMIÈRE.

OTHON, *seul.*

C'EST aujourd'hui que mon sort se décide; c'est dans ce moment. On lui parle, elle prononce sur ma destinée, sur la sienne. Aujourd'hui, je serai le plus heureux, ou le plus coupable des hommes. Si mon espoir est encore trompé, malheur au rival ! malheur à elle-même !..... malheur à moi ! O funeste passion, le prix que tu nous promets vaut-il les tourmens que tu nous causes ? Je n'ai encore que les craintes de l'incertitude, et l'enfer est déjà dans mon cœur : que serait-ce donc si ma honte était certaine ?

AIR.

Infortuné ! sais-je moi-même
Quel sentiment règne en mon cœur?
Je puis aimer d'amour extrême,
Je puis haïr avec fureur.
Malheur à celle qui m'offense !
Je la ferai gémir un jour :
Et je mettrai dans ma vengeance
Toute l'ardeur de mon amour.
J'ai cru posséder sa tendresse,
J'espérais m'unir à son sort...
Elle me fuit, elle me laisse
Un doute pire que la mort...
Infortuné ! sais-je moi-même
Quel sentiment règne en mon cœur?
Je sus aimer d'amour extrême,
Je sais haïr avec fureur.

SCÈNE II.

OTHON, DALINDE.

OTHON.

Eh bien ! m'apporte-tu la mort ou l'espérance ?

DALINDE.

J'ai fait tout ce qui était en mon pouvoir ; j'ai usé de tout l'empire que j'ai sur l'esprit de ma maîtresse pour la disposer en votre faveur, mais....

OTHON.

N'achève pas Dalinde, n'achève pas : je te devine, je suis haï, je suis méprisé....mais non, achève, ma chère ; déve-loppe-moi toute mon infortune, et arrache de mon cœur le serpent qui le dévore.

DALINDE.

Ah ! dieux ! vous me faites frémir ; vous formez de sinistres projets.

OTHON.

Non, je suis tranquille, parle, ne me cache rien.

DALINDE.

Oui, je parlerai, et je veux vous guérir d'une passion qui fait inutilement votre supplice.

OTHON.

Inutilement ? C'en est donc fait, je suis trahi ; je n'ai plus qu'à me venger !

DALINDE.

Vous venger ?

OTHON.

Pardonne, ma chère, pardonne, je m'égare : non, non, je ne me vengerai pas. Malheur à moi seul !...La perfide ! après avoir reçu mes vœux, après m'avoir permis de la demander à son père, après avoir nourri si long-tems un funeste espoir, elle me fuit, elle me dédaigne, moi, moi, Othon !

DRAME.

DALINDE.

AIR.

Calmez, calmez cette colère,
Formez de plus aimables nœuds :
Vous avez plus d'un choix à faire ;
Pour une beauté trop sévère,
Mille autres souriront tendrement à vos vœux.

Lorsqu'à toutes vous pouvez plaire,
Hélas ! par quel destin contraire
Celle qui vous rend malheureux
Est-elle pour vous la plus chère ?
Oubliez la beauté qui dédaigne vos feux.

Calmez, calmez votre colère, etc.

OTHON.

Mille, dis-tu : une, une seule s'est emparée de ma raison, de mon ame, de ma vie, et il faut y renoncer !

DALINDE.

Oui, il faut y renoncer. Toute autre ménagerait votre sensibilité, et par de fausses espérances nourrirait un feu qui vous consume ; mais je ne veux point vous tromper : je vous ai porté les premiers coups, je veux achever de détruire toute erreur, s'il vous en reste. Non-seulement Ina refuse de vous entendre, mais du ton le plus impérieux elle m'a défendu de lui parler de vous.

OTHON, *à part.*

Contraignons-nous. (*Haut.*) Dis-moi, Dalinde, ai-je un rival ?

DALINDE.

Pourquoi cette question ?

OTHON.

Ai-je un rival ? je veux le savoir.

DALINDE.

Dans la fureur où vous êtes, quand vous en auriez un, je ne vous le dirais pas.

OTHON.

Crois-tu que j'en doute ?

DALINDE.

Eh bien ! que vous importe, puisque vous n'avez plus d'espérance ?

OTHON, *à part.*

Ah ! dissimulons. (*Haut.*) Ma chère Dalinde, aide-moi à me guérir. Tu sais que l'amour ne s'éteint jamais quand il lui reste un rayon d'espoir. Si je n'ai point de rival, ma constante obstination prolongera mon martyre jusqu'au tombeau ; mais si un autre a mérité le cœur que je ne puis toucher ; mon espoir s'évanouit, ma passion se change en indifférence, j'oublie l'ingrate, je redeviens calme, je suis le plus heureux des hommes.

DALINDE.

Eh bien ! soyez heureux, vous avez un rival : il est aimé.

OTHON, *à part.*

O fureur ! (*Haut.*) je m'y attendais.... tu vois que je suis tranquille. Achève, ma chère, achève : quel est ce rival ?

DALINDE.

Qu'il vous suffise de savoir qu'il est préféré. Son nom ne fait rien à votre bonheur.

OTHON.

Tu te trompes, Dalinde ; on se console souvent par la comparaison....Dis-moi le nom de ce mortel fortuné....

DALINDE.

Non, je vous crains.

OTHON.

Eh bien ! juge de l'état de mon cœur. Voilà le portrait de l'ingrate, ce portrait qu'un artiste habile sut tracer sans qu'elle se doutât du larcin ; voilà deux lettres qu'elle m'écrivit quand elle me laissait l'espoir de la posséder ....Prends, Dalinde, prends ces gages d'un sentiment qui n'existe plus ; je veux en perdre jusqu'au souvenir.

DALINDE.

Donnez-les moi, cela est prudent.

OTHON.

Et ce rival, son nom ?

DALINDE.

Encore ce rival ?

OTHON.

C'est pure curiosité. Je gage que c'est quelque homme obscur, qu'aucun exploit n'a illustré, qu'aucun rang n'élève au-dessus du vulgaire.

DALINDE.

Il a su plaire, c'est le meilleur des titres.

OTHON.

Il est bien séduisant, bien aimable sans doute.

DALINDE.

Je l'avoue, toutes les femmes se disputent sa conquête ; et à la cour d'Edgard on ne parle que du bel Ariodant.

OTHON, *avec fureur.*

Ariodant !

DALINDE.

Ciel !

OTHON.

O rage ! ô vengeance !

DALINDE.

Ah ! je devais vous connaître.

OTHON.

Tu me connaîtras mieux ! Va, tu les verras tous deux dans la tombe, avant que l'hymen les unisse.

DUO.

OTHON.

O démons de la jalousie,
Mon ame s'abandonne à vous ;
Venez, arrachez-moi la vie,
Ou livrez ce traître à mes coups.

DALINDE.

Quel délire ! quelle furie !
Aveugle amant, modérez-vous :
Votre fureur me sacrifie,
Vous me livrez à leur courroux.

O T H O N.

Rends-le moi.

D A L I N D E.

Que voulez-vous dire ?

O T H O N.

Rends-le moi.

D A L I N D E.

Dans votre délire
Que demandez-vous ?

O T H O N.

Le portrait.

D A L I N D E.

Qu'en ferez-vous ?

O T H O N, *arrache le portrait.*

C'est mon secret.

D A L I N D E.

Vous vous perdez.

O T H O N.

Je le desire.

D A L I N D E.

Oh ! malheureux !

O T H O N.

Tel est mon sort.

D A L I N D E.

Mais où courrez-vous ?

O T H O N.

à la mort.

E N S E M B L E.

O T H O N.	D A L I N D E.
O démons de la jalousie ! etc.	Quel délire ! quelle furie ! etc.

D A L I N D E.

Mais dans ces lieux quelqu'un s'avance.

O T H O N.

Que m'importe ?

D A L I N D E.

De la prudence.

OTHON.

De la prudence !

DALINDE.

Épargnez-moi.

OTHON.

C'est lui ! c'est lui !

DALINDE.

Je meurs d'effroi.

OTHON.

C'est lui ! c'est lui !

DALINDE.

Peine cruelle.

Ciel ! où va-t-il ?

OTHON.

Chez l'infidelle !
C'est lui ! c'est lui !

DALINDE.

Je meurs d'effroi.

(Ariodant traverse la galerie, entre chez Ina, et referme la porte.)

ENSEMBLE.

OTHON.	DALINDE.
O démons de la jalousie ! etc.	Quel délire ! quelle furie ! etc.

OTHON.

C'est assez, Dalinde, laisse-moi ; j'en sais plus que je n'en voulais apprendre.

DALINDE.

Au moins, promettez-moi....

OTHON.

Je ne promets rien.

DALINDE.

Vous voulez me perdre ?

OTHON.

Ne crains rien pour toi ; mais songe que tu t'es engagée à me servir ; que tu t'es avancée au point de ne pouvoir reculer dans les services que j'attends de toi ; songe que tu es perdue si tu me trahis.

DALINDE.

Ah ! malheureuse, j'ai trompé ma maîtresse, j'en serai bien punie....

OTHON.

Ne crains rien pour toi, le dis – je ; ma puissance, mes bienfaits te mettront à l'abri de leur haine.

DALINDE.

Ciel ! voici le père d'Ina ; calmez votre trouble. Parlez à ce vieillard, il vous considère, et son autorité....

OTHON.

Je t'entends, laisse-moi.

SCÈNE III.

OTHON, *seul.*

CONTRAIGNONS-NOUS. Edgard m'a toujours témoigné de l'amitié, nos états sont voisins, le mal que je peux lui faire le force à des ménagemens ; obtenons de l'autorité ce que l'amour me refuse.....Oui, il faut que le père contribue à mon bonheur, ou à ma vengeance.

SCÈNE IV.

OTHON, EDGARD.

EDGARD.

OTHON, voilà une belle journée qui se prépare ; la fête en sera plus brillante, et votre présence ne contribuera pas peu à nous la rendre agréable.

OTHON.

Respectable Edgard, puis-je me réjouir d'une fête qui va me donner tant de rivaux. Je vous ai fait l'aveu de mon amour pour votre fille. J'ai quitté l'Hibernie pour me rendre à votre cour; fier de votre amitié, j'ai eu l'ambition d'aspirer à être votre gendre; mais dans la foule des amans que ses charmes attirent, la belle Ina daignera-t-elle me distinguer?

E D G A R D.

Si ma fille a mes sentimens, le choix sera sans doute en votre faveur. Mais je suis père, et certain que le penchant du cœur ne peut se commander, je laisse ma fille absolument libre sur son choix. Un prince, un simple chevalier, tout m'est égal, si d'ailleurs il est digne d'elle.

O T H O N.

La voix d'un père est bien persuasive, son autorité....

E D G A R D.

L'autorité ne peut rien sur le cœur, elle agit sur les devoirs, jamais sur les affections.

O T H O N.

Ainsi donc, si l'un de mes rivaux a le secret de plaire à votre fille....

E D G A R D.

Vous serez toujours mon ami, mais ce rival sera mon gendre.

O T H O N.

Pardon, seigneur : je m'étais trompé ; je croyais qu'un père pouvait, devait même prescrire à sa fille un choix plus digne d'elle....Vos lois, d'ailleurs, laissent aux parens un pouvoir si absolu sur leurs enfans....

E D G A R D.

Les lois n'ont pu supposer qu'un père voulût faire le malheur des êtres qu'il doit chérir le plus. C'est violer une loi que de la faire servir à la persécution.

O T H O N.

Mais avec cette sagesse, cette humanité, de quel œil voyez-vous quelques-unes de vos lois si sévères, je dirai même cruelles?

E D G A R D.

On a tort de se plaindre de leur sévérité ; on est toujours maître de ne pas faire ce qu'elles défendent.

2

OTHON.

Mais, par exemple.... (pardonnez si j'insiste sur ce point)
que dites-vous de cette ancienne loi qui condamne à la mort
une fille trop sensible, qui séduite par son amant, le recevrait
furtivement pendant la nuit.

EDGARD.

Une telle loi conserve les mœurs, elle retient les ames
faibles, elle effraie les corrupteurs, et prépare des mariages
heureux. Mais puisque vous me citez cet exemple de la sévérité de nos usages, frémissez d'un événement qui vient d'ar-
river près de nous, et qui nous prouve combien les pères
doivent craindre de contraindre l'inclination de leurs enfans.
La fille d'un de mes officiers, jeune, belle, sensible, aimait,
était aimée. Son père voulut lui donner pour époux un homme
qui n'avait rien de recommandable que ses richesses. Il allait
le lendemain la faire traîner à l'autel. Victime de l'avarice d'un
père, cette fille égarée, éperdue, oublia ses devoirs, projetta
une évasion, et reçut furtivement et dans la nuit l'amant
qu'elle préférait. Sa faute fut connue, la loi la condamnait à
la mort : elle ne put supporter la honte d'un supplice, et cette
fille intéressante autant que coupable, se perça le sein devant
ce père même qui causa son malheur. Jugez maintenant si
nous devons exposer nos filles aux égaremens d'une passion
dangereuse, et au désespoir que donne la persécution.

OTHON.

C'en est assez, seigneur, je suis instruit. Il ne me reste
qu'à mériter un bien qu'un père ne peut me promettre.

EDGARD.

C'est dans cette fête que ma fille doit déclarer son vainqueur,
votre nom est assez éclatant pour vous ôter toute défiance.
Je desire que le choix de ma fille resserre notre amitié ;
mais je vous le répète, je desire, et je ne puis commander.

AIR.

D'un hymen qui fit mon bonheur,
Il ne m'est resté qu'une fille :
Elle seule elle est ma famille,
Elle seule elle a tout mon cœur.

Nature est une bonne mère ;
Elle sait mieux que les parens
Quel choix un jeune cœur doit faire :
Ne forçons point les sentimens ,
Ne sèchons pas dès le printems
Une fleur si tendre et si chère :
Ah ! sans l'amour de ses enfans ,
Quel mortel voudrait être père ?

D'un hymen qui fit mon bonheur, etc.

Si mon amour paraît extrême ,
Et si l'on ose m'accuser
De trop aimer l'enfant qui m'aime ;
Loin de vouloir m'en excuser ,
Je leur dirai, comme à vous même :

D'un hymen qui fit mon bonheur ,
Il ne m'est resté qu'une fille :
Seule elle est toute ma famille ,
Mais d'un père elle a tout le cœur.

(Il sort.)

SCÈNE V.

OTHON, seul.

ELLE seule s'oppose à mon bonheur... elle seule me rejète après avoir nourri mon espoir et flatté mon amour... elle me sacrifie à l'homme que je hais... Va ! perfide, tu ne triomphes point encore, tu seras à moi, ou je serai vengé ; tu sauras que l'homme le plus sensible est celui qui punit le plus cruellement un outrage. La loi condamne à la mort toute fille qui reçoit un amant, furtivement, pendant la nuit. Femme artificieuse, je saurai si tu me hais assez pour préférer la mort au malheur de t'unir à moi ; tu seras réduite à n'avoir que ce choix à faire ; tu seras coupable aux yeux de ce père esclave de tes caprices, et méprisée de l'amant pour lequel tu me trahis. Le sort en est jetté ; mais que me veut Dalinde ?

SCÈNE VI.

OTHON, DALINDE.

DALINDE.

SEIGNEUR, éloignez-vous de ces lieux.

OTHON.

Eh ! pourquoi ?

DALINDE.

Ina va descendre au jardin : Ariodant sans doute va l'y accompagner ; je crains qu'ils ne vous rencontrent. Je vous
connais, vous ne pourriez retenir votre fureur, et ce jour,
destiné à une fête, deviendrait peut-être un jour de trouble
et d'effroi.

OTHON.

Ne crains rien, ma chère ; je saurai me contraindre. J'ai
un projet qui commande la prudence. Ecoute : il sera tems
de nous éloigner quand nous les verrons paraître. Dalinde,
veux-tu mon bonheur ?

DALINDE.

Ah ! vous vous êtes emparé de toutes mes volontés : comblée
de vos bienfaits, je suis prête à vous prouver ma reconnais-
sance ; mais au moins, que mes services ne nuisent point à
ma maîtresse.

OTHON.

Me crois-tu digne de l'épouser ?

DALINDE.

Plût au ciel qu'elle y consentît !

OTHON.

Eh bien ! si je puis l'y forcer.

DALINDE.

L'y forcer ? par son père ?

OTHON.

Qu'importent les moyens ? si je puis la reduire à regarder
comme un bonheur l'union que je lui propose....

DALINDE.

Comme un bonheur ! eh ! comment ?...

OTHON.

Jure de me servir. Mes moyens sont sûrs, et ils n'ont besoin
que de ton secours. Oui, te dis-je, avant que ce jour soit

expiré, ta maîtresse se trouvera heureuse d'accepter pour époux celui qu'elle dédaigne comme amant.

DALINDE.

Et vous y parviendrez, sans lui nuire.

OTHON.

Je n'aurai rien à me reprocher. Jure donc de me seconder, n'hésite pas.... Ce que tu as fait pour moi, te, force....

DALINDE.

Ah ! je le sens, je me suis ôté le droit de vous désobéir; mais vous m'assurez....

OTHON.

Je t'assure qu'Ina sera forcée de devenir mon épouse. Pour toi, compte sur ton bonheur si tu me sers, sur ma vengeance si tu me trompes. Écoute. L'appartement de ta maîtresse donne sur les ruines qui sont à la gauche de ce jardin.

DALINDE

Oui, vous le savez : voici l'entrée, et les fenêtres s'ouvrent vis-à-vis les ruines.

OTHON.

C'est bien. Lorsque la fête sera près de finir, tu recevras de ma part tout ce qui doit servir à mon projet. L'émissaire te remettra un écrit qui t'instruira de tout ce que tu dois faire. Lorsque ta maîtresse sera retirée dans son appartement, tu te hâteras d'agir selon l'instruction que tu auras reçue. Je serai sous le balcon, et quand tous les feux seront éteints....

DALINDE.

Paix ! voici quelqu'un....

OTHON.

Suis-moi, je te dirai le reste.

(Ils sortent.)

SCÈNE VII.

ARIODANT, *seul.*

JE vais la voir....être seul avec elle ! Mon frère va la conduire près de moi. Elle s'échappe à une cour qui l'adore pour rassurer mon cœur et me jurer un éternel amour.

AIR.

Plus de doute, plus de souffrance !
Ah ! tout mon cœur est enivré :
Non, ce n'est plus de l'espérance,
Et mon bonheur est assuré.

Est-il bien vrai ? c'est toi qui m'aimes ;
Pour moi seul tu viens dans ces lieux ;
Nous allons lire dans nos yeux
Nos desirs, nos transports extrêmes,
Et nous ignorerons nous-mêmes
Qui de nous deux aime le mieux...

Plus de doute, etc.

Mais malgré moi mon cœur palpite ;
Celle que j'aime ne vient pas ;
Qui peut donc retenir ses pas ?...
Insensé, quel effroi t'agite ?
Elle a promis, tu la verras.

Plus de crainte, plus de souffrance !
Ah ! tout mon cœur est enivré :
Non, ce n'est plus de l'espérance,
Et mon bonheur est assuré.

SCÈNE VIII.

ARIODANT, INA, LURCAIN.

ARIODANT.

BELLE Ina, c'est donc pour moi que vous vous dérobez à la fête dont vous êtes l'ornement : je puis faire éclater mon amour. La présence de mon frère ne doit point nous contraindre, il est mon meilleur, mon seul ami.

I N A.

J'ai cédé à votre empressement, j'ai trompé les yeux fixés
sur moi, pour m'échapper et vous entretenir en ces lieux ;
mais une chose m'inquiète : mon père ignore votre amour,
et tant qu'il ne l'aura point approuvé, je ne serai pas tranquille.

A R I O D A N T.

Chère Ina, votre père vous aime tendrement. Un mot, un
seul mot de vous assurerait mon bonheur.

I N A.

Aujourd'hui j'aurai le courage de lui avouer ma tendresse.
Il n'a donné cette fête que pour connaître ceux qui pré-
tendent à ma main. Leur nombre ne vous a rendu que plus
cher à mes yeux. Le dirais-je ? mon orgueil est flatté de tout
l'amour qu'on me témoigne, parce qu'il semble augmenter
le prix de celui que j'ai pour vous. J'ai l'espoir que mon
père ne m'en fera point un crime, et cependant, j'hésite à le
lui avouer. Vous n'ignorez pas que le farouche Othon est
votre rival. Il a de l'empire sur l'esprit de mon père, il est
riche, puissant, inflexible dans ses volontés, il mettra mille
obstacles à notre bonheur.

A R I O D A N T.

Mais quel droit a-t-il sur votre cœur ? lui auriez-vous
jamais donné quelque espérance ?

I N A.

Je l'avouerai....

A R I O D A N T.

O ciel !

I N A.

Ne vous alarmez point : j'espère que je ne vous laisserai
aucun doute sur ma franchise.

A R I O D A N T, *à part.*

Je frémis.

I N A.

Avant que vous vinssiez dans ces lieux, Othon me vit et
m'aima. Il parut avec tout l'éclat de la puissance ; mais je
n'eus jamais aucun goût pour lui. Cependant, il était l'ami

de mon père , tous ceux qui m'environnaient me persuadaient
sans cesse qu'il était le seul époux qui me convînt. Dès-lors,
sans penchant et sans aversion , sans amour et sans répu-
gnance , je consentis à l'entendre. Il se crut aimé. Tout le
monde me parlait en sa faveur, je lui permis de me demander
à mon père.

A R I O D A N T.

Dieu ! jusques-là ?

I N A.

C'est alors que vous parûtes dans ces lieux. Je vous vis,
nos yeux se rencontrèrent, et dès ce moment ils se dirent tout
ce que nous nous sommes répétés depuis. Mon cœur fut fixé,
mon sort se décida ; je sentis toute l'importance d'un choix
d'où dépend le bonheur de la vie. Othon me devint insup-
portable, je l'évitai sans ménagement, et je mis tout mon art
à faire échouer toutes les tentatives qu'il fit sur l'esprit de mon
père. Le fier Othon ne s'apperçoit que trop de ce change-
ment ; ses yeux maintenant m'annoncent plus de fureur que
d'amour, la vengeance paraît seule l'animer ; et tant qu'il sera
près de nous, je tremblerai pour vous et pour moi.

(*Lurcain observe dans le fond.*)

FINALE.

A R I O D A N T.

Dissipons ce sombre nuage ,
Le sort ne nous trahira pas ;
Pour deux cœurs que l'amour engage,
Le danger même a des appas :
Pourrait-il arrêter mes pas ,
Quand mon amante le partage ?

I N A.

Déjà ta consolante voix
Ramène le calme en mon ame ;
Le danger fuit, l'amour m'enflamme
Quand je t'entends , quand je te vois.

A R I O D A N T.

O doux accens ! répète encore
Ces mots qui vont droit à mon cœur.

I N A.

Oui, cher amant, oui, je t'adore :
Tu feras seul tout mon bonheur.

ARIODANT.

Comme un gage de ta tendresse,
Donne-moi, donne cette main...
Donne-la moi, que je la presse
Et sur ma bouche et sur mon sein.

INA.

Dieux! que fais-tu ? mon œil se trouble,
Craignons un abandon trop doux :
Cher amant, mon effroi redouble,
Redoutons les yeux des jaloux.

(Ils regardent au fond, Lurcain leur fait signe que per-
sonne ne paraît.)

ARIODANT.

Nous sommes seuls ; redis encore
Ces mots qui vont droit à mon cœur.

INA.

Oui, cher amant, oui, je t'adore :
Tu feras seul tout mon bonheur.

ARIODANT.

Unissons-nous.

INA.

C'est mon envie.

ARIODANT.

Tu m'aimeras ?

INA.

Toute la vie.

ARIODANT.

Et notre amour...

INA.

Toujours nouveau.

ARIODANT.

Nous charmera.

INA.

Jusqu'au tombeau.

ENSEMBLE.

Du tendre amour goûtons les charmes ;
Mêlons nos pleurs et nos soupirs :
O volupté ! tes douces larmes
Sont le plus doux de nos plaisirs,

SCÈNE IX.

LES PRÉCÉDENS, OTHON.

LURCAIN, *à Ina et Ariodant.*

MODÉREZ-VOUS, Othon s'avance:
Dans ses yeux brille le courroux.

INA.

Ciel! il médite sa vengeance:
Ariodant, séparons-nous.

ARIODANT.

Quoi! vous tremblez à sa présence?
Quels droits, hélas! a-t-il sur vous?

LURCAIN, *à Ina.*

Ne craignez rien de sa vengeance,
Tant que vous êtes près de nous.

OTHON, *de loin, à part.*

C'est lui! c'est elle! à leur présence
Je sens accroître mon courroux.

OTHON.

Belle Ina, lorsqu'à cette fête
Chacun n'aspire qu'à vous voir,
Dans ces lieux écartés, quel charme vous arrête?
Pourquoi trompez-vous notre espoir?

INA, *avec crainte.*

J'attendais au jardin... (*à part.*) Dieu! que vais-je lui dire?

OTHON.

Je vois trop quel motif au jardin vous attire.

ARIODANT.

Quel que soit le motif qui l'y fait demeurer,
De quel droit osez-vous le vouloir pénétrer?

OTHON.

Vous le pénétrez bien, vous qui parlez pour elle:

L U R C A I N, *vivement.*

Eh bien ! c'en est assez pour toi.

O T H O N.

Téméraire !

I N A.

Arrêtez.

A R I O D A N T, *à Ina.*

Vous tremblez ?

O T H O N, *à Ina.*

Infidelle !

A R I O D A N T.

Eh ! depuis quand Othon vous tient-il sous sa loi ?

L U R C A I N.

On pourrait aisément réprimer tant de zèle.

O T H O N.

Qui le réprimera ?

L U R C A I N.

Si ce n'est lui, c'est moi.

I N A.

Moderez-vous, de la prudence,
Vous me livrez à son courroux.

A R I O D A N T.

Quoi ! vous tremblez à sa présence !
Quel droit le traître a-t-il sur vous ?

L U R C A I N.

Ne craignez rien de sa vengeance,
Tant que vous êtes près de nous.

O T H O N.

Haîne, fureur, amour, vengeance,
Livrez ce rival à mes coups.

A R I O D A N T, *à Othon.*

O toi, dont la coupable audace
Outrage sans pitié l'objet de ton amour ;
Réponds-moi : c'est moi seul que ton orgueil menace.

O T H O N.

Non, je veux vous punir tous les deux en ce jour.

ARIODANT,

LURCAIN, *tirant l'épée.*

Traître, crains mon courroux.

ARIODANT, *retenant son frère.*

Non, laissez-moi, mon frère,
Laissez-moi dans son sang éteindre sa colère.

OTHON, *à Ariodant.*

Défends-toi! défends-toi!

INA, *se jettant entr'eux.*

Cessez, au nom des dieux;
Barbares, n'allez pas ensanglanter ces lieux.

ARIODANT.

C'est lui qui vous outrage.

INA.

Épargnez-vous un crime.
Cruels, de vos fureurs je serai la victime.

OTHON.

Défends-toi!

ARIODANT.

Tu le veux, tombe donc sous mes coups.

(*Ils se battent.*)

INA.

Arrêtez, arrêtez....

LURCAIN.

On vient, séparez-vous.

SCÈNE X.

LES PRÉCÉDENS, EDGARD, Hommes et Femmes de sa cour.

(Ariodant et Othon remettent leurs épées.)

EDGARD.

MA fille, lorsqu'à cette fête
Chacun n'aspire qu'à vous voir,
Dans ces lieux écartés quel charme vous arrête ?
Pourquoi trompez-vous notre espoir ?

CHOEUR.

Venez, embellissez nos fêtes,
Par votre esprit, par vos appas :
La gaîté marche sur vos pas ;
Les plaisirs sont tous où vous êtes,
Les regrets où vous n'êtes pas.

INA, *aux deux rivaux.*

Modérez-vous.

ARIODANT, LURCAIN, OTHON.

Quelle contrainte !

CHOEUR.

Venez, venez.

INA, *aux deux rivaux.*

Vous me glacez de crainte.

CHOEUR.

La gaîté marche sur vos pas.

OTHON, *bas à Ariodant.*

Je te ferai savoir où tu me trouveras.
(*Haut, à Ina.*)   Venez, embellissez nos fêtes...

ARIODANT, *bas à Othon.*

Compte sur moi, tu m'y verras.
(*A Ina.*)   Par votre esprit, par vos appas.

OTHON, *à Ina.*

Les plaisirs sont tous où vous êtes...
(*A Ariodant.*) A minuit, à minuit...

A r i o d a n t , *à Othon.*

(*A Ina.*)　　　　Heure de ton trépas.
Les regrets où vous n'êtes pas.

C h œ u r   g é n é r a l .

Venez, embellissez nos fêtes
Par votre esprit, par vos appas :
Les plaisirs sont tous où vous êtes,
Les regrets où vous n'êtes pas.

(Othon donne la main à Ina, qui n'ose la refuser. Edgard fait signe à Ariodant et à Lurcain qu'ils sont invités à la fête ; tous entrent au château.)

Fin du premier Acte.

ACTE DEUXIÈME.

SCÈNE PREMIÈRE.

Hommes et Femmes de la cour d'EDGARD, un BARDE.

(Ils chantent et forment des danses à la lueur des lampes et des flambeaux qui éclairent le jardin.)

CHOEUR *pendant la danse.*

O nuit, propice à l'amour !
L'amant te préfère encore
Au doux éclat de l'aurore,
Au vif éclat d'un beau jour ;
Et la bergère, à son tour,
Près de l'amant qu'elle adore,
Du soleil craint le retour.

LE BARDE.

Femme sensible, entends-tu le ramage
De ces oiseaux qui célèbrent leurs feux ?
Ils font redire à l'écho du rivage :
Le printems fuit, hâtons-nous d'être heureux.

2ᵉ. COUPLET.

Vois-tu ces fleurs, ces fleurs qu'un doux zéphyre
Va caressant de son souffle amoureux ?
En se fanant elles semblent te dire :
L'hiver accourt, hâtez-vous d'être heureux.

3ᵉ. COUPLET.

Momens charmans, d'amour et de tendresse
Comme un éclair vous fuyez à nos yeux ;
Et tous les jours perdus dans la tristesse,
Nous sont comptés comme des jours heureux.

CHOEUR.

O nuit, etc.

(Ils s'éloignent au fond du théâtre en chantant ce choeur.)

SCÈNE II.

INA, ARIODANT.

ARIODANT.

NE craignez rien : ils s'éloignent de nous ; le silence a succédé à leurs chants.

INA.

Ariodant, jurez-moi que vous n'irez point à ce rendez-vous funeste.

ARIODANT.

Je ferai tout pour vous, hors ce qui peut me déshonorer.

INA.

Préjugé barbare ! vous obéissez à la voix d'un ennemi, plutôt qu'à celle de votre amante.

ARIODANT.

Je n'attaque jamais, je ne provoque personne ; peut-être oublierais - je une offense ; mais quand vous êtes outragée, dois-je le souffrir lâchement.

INA.

Othon me fait trembler, il est capable de vous attirer dans un piége.

ARIODANT.

Quelque chose qu'il arrive , j'aime mieux mourir regretté que de vivre indigne de vous.

INA.

Vous courez à une perte certaine.

ARIODANT.

Ne pleure pas, chère Ina ; je confondrai mon indigne rival. Un amant est bien fort, quand il est sûr du cœur de sa maîtresse.

INA.

Quoi ! si mon père consent à nous unir, tu quitteras l'autel de l'hymen pour le plaisir d'égorger un rival ?

ARIODANT.

Quelle pitié vous inspire mon cruel ennemi ?

INA.

Tu sais que je le déteste ; mais je crains un malheur. Laisse-moi parler à mon père , et contente-toi , dans ce jour , de ce titre d'époux que nous desirons depuis si long-tems.

ARIODANT.

Le titre d'époux ne m'imposera que mieux le devoir de vous venger.

DUO.

INA.

Arrête , cher amant , arrête ;
De ces lieux ne t'écarte pas :
Puis-je aller me montrer au milieu d'une fête ,
Quand mon amant va courir au trépas ?

ARIODANT.

Chère Ina , calme tes alarmes ,
Que mon sort ne t'afflige pas :
Je brave le danger ; il a pour moi des charmes ,
Quand pour l'amour je m'expose au trépas.

INA.

Fatal honneur !

ARIODANT.

Brillante gloire !

INA.

Ah ! je ne vois que ton danger.

ENSEMBLE.

ARIODANT.	INA.
Puis-je douter de la victoire ,	Fatal honneur ! funeste gloire !
Quand je combats pour te venger ?	Moi, je ne vois que ton danger.

INA.

Puisque rien ne fléchit ton ame ,
Va donc où l'honneur te conduit.

ARIODANT.

O toi ! cher objet de ma flamme !
Anime l'espoir qui me luit.

I N A.

Que veux-tu ?

A R I O D A N T.

Pour qu'un doux présage
Vienne encor rassurer mon cœur,
Que de toi je reçoive un gage
De mon triomphe et mon bonheur.

I N A.

Qu'exiges-tu ?

A R I O D A N T.

Ton cœur balance ?

I N A.

Non, je tremble.

A R I O D A N T.

L'heure s'avance,
Daigne au moins armer ton vengeur.

(*Il lui présente son épée.*)

I N A, *prend l'épée.*

Cher amant, ton courage a passé dans mon cœur.

(*Elle détache un nœud de ruban qu'elle avait sur le sein,
et l'attache à l'épée.*)

A R I O D A N T, *à genoux.*

Dieu ! que vois-je ? quel doux présage !

I N A, *lui rendant l'épée.*

De ma tendresse prends ce gage.

A R I O D A N T.

Ma chère Ina, c'est le premier.

I N A.

Peut-être, hélas ! c'est le dernier...

E N S E M B L E.

A R I O D A N T, *tenant l'épée.*	**I N A.**
C'est le signal de la victoire, Mon bras est sûr de te venger.	Fatal honneur ! funeste gloire ! Ah ! je ne vois que ton danger.

SCÈNE III.

LES PRÉCÉDENS, DALINDE, *suivie de deux hommes qui portent un coffre, et qui se tiennent à l'écart.*

DALINDE.

SEIGNEUR, Othon vous cherche, et voudrait vous parler.

INA.

Ciel !

ARIODANT.

Il me verra bientôt.

DALINDE.

Il vous fait dire que s'il ne vous rencontre pas au château, il se trouvera près des ruines de ce jardin, dans le lieu même où vous êtes.

INA.

Je tremble.

DALINDE.

Que craignez vous, madame ? Othon est fort tranquille.

ARIODANT.

Je le suis aussi.

DALINDE.

Il paraît calmé ; il a renoncé à ses projets de vengeance.

ARIODANT.

Eh ! que m'importe qu'il soit calme ou furieux ?

INA.

Écoutez au moins ce que nous dit Dalinde.

DALINDE.

Il va quitter ce pays ; mais avant de partir, il veut, dit-il, avoir avec Ariodant un entretien qui fera cesser toutes les inimitiés, et qui nous rendra le bonheur et la tranquillité.

(Dalinde fait entrer les deux hommes par la porte sous le balcon, elle les suit et la referme sans être vue.)

ARIODANT.

Le perfide !

INA.

Du moins, écoutez-le ; ne l'aigrissez pas davantage , et n'agravez pas le danger qui nous menace.

ARIODANT.

Moi, faiblir devant lui ! il se croirait en droit de me faire un nouvel outrage.

INA.

Écoutez la prudence.

ARIODANT.

Je n'écoute que mon amour.

AIR.

> Rassure ton cœur timide ,
> Dissipe un indigne effroi :
> Comme moi sois intrépide ,
> Sois aussi calme que moi.
> La victoire ou la mort aura pour moi des charmes ;
> L'un et l'autre ont de quoi m'enflammer en ce jour :
> Ton amant va périr honoré de tes larmes ,
> Ou reviendra vainqueur digne de ton amour.
> Ma chère Ina , cesse de craindre ;
> Partage plutôt mon transport :
> Comment ton cœur peut-il me plaindre ,
> Quand le mien est fier de son sort ?

La victoire ou la mort aura pour moi des charmes, etc.

(*Il sort.*)

SCÈNE IV.

INA , *seule.*

Va, généreux amant ; je crains pour tes jours, mais j'applaudis à ton courage. Que n'ai-je ta noble fermeté ? Ah ! n'accuse pas ma faiblesse ; c'est toi que le danger menace ; c'est moi qui dois trembler. Hélas ! tandis que tu exposes tes jours, il faut que je rentre dans une foule importune , que je renferme en mon cœur le trouble qui me dévore, et que j'affecte une sérénité que ton retour seul peut me rendre. J'entends du bruit, on vient....Ah ! cachons ma frayeur.

SCÈNE V.

INA, OTHON

OTHON.

Est-ce toi, Dalinde ?

INA, *à part.*

Ciel ! Othon ! quel contre-tems.

OTHON.

C'est vous, Ina ? seule dans ces lieux ?

INA.

J'y attendais mon père....

OTHON.

Votre père ? ah ! cela est bien innocent. Je dois respecter un rendez-vous si légitime.

INA.

Vos soupçons ne m'offensent point.

OTHON.

Des soupçons ? eh ! qui pourrait en concevoir ? Attendre son père, rien de plus naturel : oserais-je troubler un si doux entretien ?

INA.

En ce cas, retirez-vous.

OTHON.

Cette réponse est bien dure, belle Ina ; le père que vous attendez ne me parlerait pas plus sévèrement. Mais avouez au moins que j'ai bien du malheur, voilà déjà deux fois que, sans le vouloir, je dérange une conversation bien tendre et bien innocente.....mais je jure que ce sera la dernière.

INA.

Je l'espère comme vous.

OTHON.

Êtes-vous capable de renoncer à la feinte ?...

INA.

Je ne m'abaisse point à y recourir.

OTHON.

Eh bien ! j'attends aussi quelqu'un dans ces lieux.

INA.

Je le sais trop, cruel.

OTHON.

Dites donc à votre père qu'après avoir approuvé mon amour, il doit approuver ma vengeance ... elle sera cruelle ... Tremblez pour l'indigne rival que vous m'opposez....pour vous....

INA.

Quoi ! vous osez !....

OTHON.

J'oserai davantage .... Avant le retour du soleil, vous saurez....

INA.

Je sais d'avance ce que je dois attendre de vous.

OTHON.

Non, vous ne le savez point : l'heure va sonner .... Vos pleurs couleront dans ces lieux où vous venez furtivement chercher les transports de l'amour ; la douleur, la honte feront fléchir cette superbe fierté ; je sais mieux me venger que vous ne savez trahir : l'amant que je vais combattre ne parera pas les coups que je vous prépare ; votre malheur sera mon ou-vrage, et pour comble d'infortune vous serez forcée d'avoir recours à moi. Adieu !   (*Il sort.*)

SCÈNE VI.

INA, *seule.*

QUELLE fureur barbare ! Eh ! quel malheur ai-je à craindre que la mort de mon amant ! Va ! monstre, tes menaces m'ont rendu ma fermeté. L'amour armé pour ma défense va confondre ton orgueil .... Ce dieu protégera l'amant dont il enflamme le

courage. Un doux pressentiment m'annonce sa victoire ; l'a-
veugle fureur tient-elle contre la valeur tranquille ? Ne crois
point cependant que j'imite ta cruauté : je ne m'abaisse point
à souhaiter ta mort ; et si je desire ta défaite, c'est qu'elle
seule peut sauver mon amant.

RÉCITATIF.

Mais, que dis-je ? femme timide,
L'espoir t'abuse sur ton sort :
Un rival odieux, un amant intrépide,
Se cherchent dans l'instant pour se donner la mort.
Que vais-je devenir ? dans quel antre sauvage
Irai-je cacher ma douleur ?
O dieux ! soutenez mon courage,
Et qu'un rayon d'espoir brille encore à mon cœur.

AIR.

O des amans le plus fidèle,
C'est donc pour moi que tu combats !
Près de moi, quand l'amour t'appelle,
Pour l'amour tu cours au trépas.
En admirant ta noble audace,
Je pleurs et je crains pour tes jours :
Quand un perfide te menace,
Aux Dieux seuls ma voix a recours.

Mais pourquoi, par d'indignes larmes,
Ternir l'éclat de ta valeur ?
Doux espoir, je cède à tes charmes,
Et mon amant revient vainqueur.
Dans mon ame une noble ivresse
Me rend intrépide à mon tour :
Si de l'amour j'ai la tendresse,
J'ai le courage de l'amour ;
Plus de crainte, plus de faiblesse,
Cher amant j'attends ton retour.

(Elle sort.)

SCÈNE VII.

LURCAIN, quatre amis d'ARIODANT.

*(Ils entrent avec précaution et en observant par-tout, dès
qu'Ina a disparu.)*

LURCAIN.

ENFIN tout le monde est rentré. Mes amis, voici le lieu

du combat; ils doivent bientôt s'y rendre : mais vous connaissez Othon ; sans mœurs et sans principes, il est capable
d'avoir attiré mon frère dans un piége. Ariodant, au contraire,
plein de franchise et de confiance, y viendra seul avec son
courage; ne serait-il pas affreux d'exposer un brave homme
à une mort certaine, à un assassinat ?

T O U S   Q U A T R E.

Oui, oui.

L U R C A I N.

J'exige donc de vous que vous restiez cachés derrière ces
ruines, et témoins du combat sans y prendre part. Si Othon
y vient seul, s'il n'y a qu'un homme pour un homme, res-
pectez la loi du combat, et abandonnez-les au sort des armes ;
mais si Othon se fait accompagner par des assassins ; si mon
frère est opprimé par le nombre, sortez de votre retraite,
et volez à son secours.

T O U S   Q U A T R E.

Nous le jurons.

L U R C A I N.

Je compte sur vous. Voici l'instant : ils ne tarderont pas à
paraître, retirez-vous et gardez le plus profond silence.

(Ils se cachent.)

SCÈNE VIII.

L U R C A I N, seul.

Avec un brave homme cette précaution serait inutile et
injurieuse ; mais avec Othon, elle est juste et peut-être né-
cessaire. Cependant n'en disons rien à mon frère, cette prudence lui paraîtrait une lâcheté. C'est à moi de veiller sur
ses jours, sans qu'il puisse soupçonner les moyens que j'em-
ploie. Quelqu'un s'approche.

SCÈNE IX.

LURCAIN, ARIODANT.

ARIODANT.

C'EST vous, mon frère? éloignez-vous. Othon doit venir seul ici; je dois l'y attendre seul. Je serais désespéré qu'il vous vît avec moi.

LURCAIN.

Je te laisse, mon frère, et je te quitte sans inquiétude. Le courage et la loyauté doivent toujours triompher de l'intrigue et du crime. Adieu !

ARIODANT.

Mon frère, embrasse-moi.

LURCAIN.

Viens dans mes bras. Va! mon cœur est aussi tranquille que le tien. Adieu !   (*Il va rejoindre les quatre amis.*)

SCÈNE X.

ARIODANT, *seul.*

QU'IL est doux, qu'il est beau d'avoir à venger ce qu'on aime ! Un noble orgueil s'empare de mon ame ; soit que je triomphe, ou que je succombe, le bonheur ou la gloire seront mon partage. Si je vis, j'aurai défendu mon amante, je lui consacrerai des jours qui n'ont de prix que par elle. Si je meurs, les larmes de la beauté couleront sur ma cendre. O nuit ! je te confie mes douces pensées . . . . Chère Ina, puissent les vents qui agitent ce feuillage, te rapporter les derniers vœux que je fais pour ton bonheur !

ROMANCE.

Amour, amour, si je succombe,
Fais que mes vœux soient exaucés;
Que l'on élève ici ma tombe,
Et que ces mots y soient tracés :

Au cher objet de sa tendresse,
Il était près d'unir son sort ,
Mais il mourut pour sa maîtresse ,
Et fût aimé jusqu'à la mort.

2ᵉ. C O U P L E T.

A chaque jour celle que j'aime
Lira ces mots , soupirera ;
Ah ! si j'en juge par moi-même ,
Avec douleur elle dira :
Le cher objet de ma tendresse
Ici pour moi finit son sort ;
S'il dût mourir pour sa maîtresse ,
Je dois l'aimer jusqu'à la mort.

SCÈNE XI.

ARIODANT, OTHON.

OTHON.

Vous m'avez attendu ; excusez - moi , j'étais retenu par le
père d'Ina , et je n'ai pu venir avant que la fête eût cessé.

ARIODANT.

Othon, j'excuse tout pour moi : c'est Ina seule que je veux
défendre et venger.

OTHON.

Êtes-vous capable de m'écouter tranquillement ?

ARIODANT.

Nous ne sommes point venus ici pour discourir.

OTHON.

J'aime cette fierté, et je suis prêt à y répondre ; mais
après m'être expliqué, je serai toujours prompt à vous satis-
faire.

ARIODANT.

Parlez.

OTHON.

Vous me connaissez assez pour ne pas me soupçonner de
craindre ou d'éviter un combat ; et je ne suis ici que pour

vous donner mon sang ou répandre le vôtre : mais sachez avant d'en venir à cette cruelle épreuve, sachez combien je gémis de voir deux hommes faits pour s'estimer, se haïr et s'égorger pour une femme qui ne mérite que leur mépris.

ARIODANT, *tirant son épée.*

Téméraire ! cet outrage seul est l'arrêt de ta mort.

OTHON, *présentant sa poitrine.*

Jeune imprudent ! frappe donc si tu refuses de m'entendre ; mais si je te donne des preuves, écoute et deviens sage par l'expérience.

ARIODANT.

Tu mens, te dis-je ; Ina mérite mon amour et mon respect. Défendez-vous.

OTHON.

Un de nous deux doit mourir ici ; mais avant de nous donner la mort, apprends à connaître ta perfide maîtresse.

ARIODANT.

Je ne connais que ton mensonge et ta noirceur.

OTHON.

Si je prouve, que diras-tu ?

ARIODANT.

Je ne te croirai pas.

OTHON.

Si je te le fais voir.....

ARIODANT.

Tu m'en imposes.

OTHON.

Tu n'en croiras pas tes yeux ?

ARIODANT, *après un silence.*

Tu me feras voir, dis-tu, qu'Ina est perfide, et qu'elle mérite mon mépris !

OTHON.

Oui.

ARIODANT, *remettant son épée.*

Eh bien ! prouve, prouve-le moi ; mais si tu ne peux me convaincre, tout ton sang . . . .

OTHON.

Mon sang ou le tien, n'importe ! Je vais te convaincre.

ARIODANT.

Parle. Je frémis de rage.

OTHON.

Avant tout, jurons-nous de nous révéler tout ce que nous avons reçu d'elle.

ARIODANT.

Je le jure sans peine, je n'ai jamais reçu d'autres faveurs que la permission de la demander à son père.

OTHON.

La permission. . . . .Vous êtes jeune, Ariodant ; avec cette confiance, les femmes doivent toutes vous paraître des créatures célestes.

ARIODANT.

Il ne s'agit pas des femmes, il s'agit d'Ina.

OTHON.

Eh bien ! apprends donc que je fus son amant ; ne me force pas à m'expliquer sur ce titre, tu dois m'entendre, et crois que je suis moins confiant que toi. Ina m'a trompé, elle m'a sacrifié à un homme qui fut aussi heureux que moi, et qu'elle te sacrifie à son tour.

ARIODANT.

Tu mens, te dis-je ; je n'écoute plus rien. Du sang ! du sang !

OTHON.

Rejette donc ce témoignage. Vois cette lettre, ce portrait. Ces lampes donnent encore assez de clarté pour les faire reconnaître.

ARIODANT.

Son portrait ! son écriture !

OTHON.

Vous devenez plus calme.

ARIODANT.

Une lettre d'elle !

OTHON.

Vous reconnaissez son écriture ; elle vous écrivait donc aussi ?

ARIODANT.

Ce n'est point assez pour me convaincre ; ces témoignages peuvent être faux, ou dérobés.

OTHON.

Vous m'en croyez capable ?

ARIODANT.

Oui.

OTHON.

Je souffre tout, jeune homme ; mais je serai bien vengé. Et ce matin, lorsque je vous surpris avec elle, pourquoi ma présence lui causa-t-elle tant de trouble, tant d'effroi ? Pourquoi cette honte que vous avez remarquée ?...

ARIODANT.

Juste ciel !

OTHON.

A-t-elle osé me répondre ? me regarder ? elle avait devant moi l'attitude d'un coupable devant son juge.

ARIODANT.

Ina ?

OTHON.

Vous le lui avez reproché vous-même,

ARIODANT.

O dieu ! que je souffre ! Vous ne me persuadez point.

OTHON.

Si dans ce moment, vous me voyez entrer chez elle, si vous me voyez monter à ce balcon, si vous la voyez me recevoir elle-même, serez-vous persuadé ?

ARIODANT.

Elle ! vous recevoir ! à cette heure où la loi regarde cette action comme un crime digne de mort ? cela n'est pas possible.

OTHON.

Vous allez en juger. Effrayée de mes menaces, elle a voulu m'appaiser ; elle sait trop que j'ai de quoi la perdre , et elle m'a fait prier de lui accorder un moment d'entretien : dans ce moment même elle m'attend. Elle s'apprête sans doute à faire usage de son art perfide et séducteur; mais cette fois, ce n'est point l'amour qui m'y conduit ; j'y vais pour la confondre, pour vous guérir d'une folle passion , pour me venger.

ARIODANT.

Elle vous recevra !

OTHON.

Vous en serez témoin. Un signal va m'introduire.

ARIODANT.

Elle-même !

OTHON.

Ce n'est point la première fois.

ARIODANT.

Je le verrai.

OTHON.

Vous le verrez.

ARIODANT.

Mon cœur se déchire.

FINALE.

ARIODANT.

O trompeuse espérance !!
O prestige imposteur !
Rien ne peut, de mon cœur,
Egaler la souffrance.

OTHON, *à part.*

Mon triomphe commence,
La rage est dans son cœur ;
Achevons son malheur
Et comblons ma vengeance.

Lurcain, *au fond, à part.*

Il gémit de douleur,
Il suspend sa vengeance;
Contraignons ma fureur,
Observons en silence.

ARIODANT.

Ina perfide ! infâme ! ô dieu ! qui l'aurait dit ?

OTHON.

Eh bien, seigneur ! eh bien ! vous semblez interdit ?

ARIODANT.

Tu dis qu'elle t'attend ?

OTHON.

Ici, dans l'instant même.

ARIODANT.

Je le croirais !

OTHON.

Vous le croirez.

ARIODANT.

A mes yeux !

OTHON.

A vos yeux.

ARIODANT.

Ah ! ma honte est extrême !
Je la verrai !

OTHON.

vous la verrez.

ARIODANT.

Je n'ai plus d'espérance,
Je succombe au malheur :
Rien ne peut, de mon cœur,
Égaler la souffrance.

OTHON, *à part.*

Son supplice commence,
La rage est dans son cœur ;
Redoublons sa douleur
Et comblons ma vengeance.

LURCAIN, *dans le fond.*

Il gémit de douleur,
Quelle est donc sa souffrance ?
Quel funeste malheur ?
Observons en silence.

ENSEMBLE.

OTHON.

Tous les feux sont éteints, et la nuit est plus sombre ;
Éloignez-vous un peu, retirez-vous dans l'ombre :
La vertueuse Ina va paraître à ma voix ;
Adieu. Vous me croirez au moins pour cette fois.

(Ariodant se retire près des ruines, et observe les fenêtres d'Ina ; Othon s'avance sous le balcon et chante :)

Tout est paisible, tout sommeille,
L'amour éteint tous les feux de la nuit ;
Mais près de vous votre amant veille,
Reconnaissez le dieu qui le conduit.

(La fenêtre s'ouvre, une femme paraît, en descend une échelle de cordes, Othon y monte.)

ARIODANT.
C'est elle !

LURCAIN.
C'est elle !

ARIODANT.
O souffrance !

LA FEMME qui est sur le balcon.
O cher Othon !

OTHON *lui met la main sur la bouche, et la pousse en dedans.*
Rentrez, silence.

(Othon relève l'échelle de cordes, qu'il laisse suspendue au balcon, et il ferme la fenêtre. Lurcain va chercher les quatre amis, et ils viennent tous près d'Ariodant.)

SCÈNE XII.

ARIODANT, LURCAIN, LES QUATRE AMIS.

ARIODANT.
JE n'en puis plus douter ; je n'ai plus qu'à mourir.

LURCAIN.
J'ai tout vu, je sais tout ; courons à la vengeance.

ARIODANT *se jette dans les bras de Lurcain.*

Mon frère !

LURCAIN.

Point de pleurs, ne songeons qu'à punir.
Qu'elle périsse !

ARIODANT.

Arrête, épargne-la, mon frère ;
Malgré son crime affreux, elle m'est encor chère,
C'est à moi d'expirer de honte et de douleur.

LURCAIN.

Non, je veux l'immoler à ma juste fureur.

LURCAIN *et* LES AMIS.

Il faut que l'infâme périsse,
Il faut, par le plus prompt supplice,
De son crime expier l'horreur.

ARIODANT.

Non, laissez-moi mourir de honte et de douleur.
Fuyons, fuyons ce lieu funeste ;
Dans un désert affreux, allons finir mon sort.
Toi que j'ai tant aimé, ô toi que je déteste,
Adieu. Mon seul espoir, mon seul vœu, c'est la mort.

(*Il s'éloigne.*)

LURCAIN.

Mon frère !

ARIODANT.

Laisse-moi. Je ne veux que la mort.

(*Il sort.*)

LURCAIN.

Ah ! laissons-lui le tems d'exhaler son transport.
Mais notre honneur demande une prompte justice,
O mes amis, secondez-moi.

TOUS ENSEMBLE.

Il faut que l'infâme périsse,
Il faut que le plus prompt supplice
La livre aux rigueurs de la loi.
Révélons, publions son crime,
A l'honneur de { ton / mon } frère il faut une victime,
Marchons, semons par-tout la douleur et l'effroi.

(*Ils vont au château.*)

6

SCÈNE XIII.

OTHON, DALINDE, les deux **GUIDES.**

(Ils sortent par la porte sous le balcon, et la laissent ouverte. Othon n'a plus ni manteau ni écharpe.)

OTHON, *à Dalinde.*

TOUT est calme. La nuit vous couvre de ses aîles ;
N'hésitez pas, suivez ces deux guides fidèles :
Aux lieux où vous allez, le bonheur vous attend.

DALINDE.

Ah ! je ne vous suis qu'en tremblant.

OTHON *et* LES GUIDES.

Aux lieux où vous allez, le bonheur vous attend.

(Ils sortent par le côté près des ruines.)

SCÈNE XIV.

EDGARD, LURCAIN les quatre **AMIS,** Gardes, Hommes et Femmes de la suite d'EDGARD ; Domestiques avec des flambeaux.

EDGARD.

EH quoi, ma fille ! est-il possible !
Non, non, je ne vous croirai pas.

LURCAIN *et* LES AMIS.

Elle a mérité le trépas.

EDGARD.

Épargnez un père sensible.

LES AMIS.

Elle a mérité le trépas.

EDGARD.

Non, non, je ne vous croirai pas.

Lurcain, *montrant l'échelle.*

Voilà les témoins de son crime.

Les Amis.

Nous sommes témoins de son crime.

Edgard.

Par pitié ne m'accablez pas,
Et s'il vous faut une victime,
Pour ma fille, grand dieu, je me livre au trépas.

Lurcain.

Entrons et confondons ta fille criminelle :
C'est sur sa tête que j'appelle
Toute la rigueur de nos lois.

(*Il va à la porte.*)

Edgard.

Ah ! cruel, que fais-tu ?

Lurcain.

Je fais ce que je dois.

(*Lurcain et les amis entrent, le père les suit avec les gardes, les hommes et les femmes restent sur le théâtre.*)

Choeur.

O malheur ! ô peine cruelle !
Pour un père quel triste sort !
Sa fille, infâme, criminelle,
Sa fille va subir la mort.

(*Edgard revient avec Lurcain et les gardes, ils entraînent Ina.*)

Lurcain, *tenant le manteau et l'écharpe d'Othon.*

Le séducteur a fui, mais voici la victime ;
Voici les témoins de son crime.

Les Amis *et* **Lurcain.**

Nous en sommes témoins, nous attestons son crime :
La loi la condamne au trépas.

Ina.

Mon père ne m'accusez pas :
Votre fille n'est point coupable.

EDGARD.

O fille malheureuse ! ô père déplorable !

INA.

Mon père ne m'accusez pas.

EDGARD *et* CHOEUR.

O malheur ! ô peine cruelle !
Pour un père quel triste sort !
Sa
Ma } fille, infâme et criminelle,
Sa
Ma } fille va subir la mort.

LURCAIN *et* LES AMIS.

Fille perfide et criminelle,
La loi va terminer ton sort ;
La vengeance sera cruelle,
Tu ne peux éviter la mort.

INA.

O douleur ! ô peine mortelle !
Ah ! mon père ! quel triste sort !
Si vous me croyez criminelle
Sur-le-champ donnez-moi la mort.

(Les gardes entraînent Ina , les amis les suivent , le père et le chœur rentrent en tumulte au château.)

Fin du deuxième Acte.

ACTE TROISIÈME.

SCÈNE PREMIÈRE.

EDGARD *seul.*

AIR.

O Dieux ! écoutez ma prière,
Écartez l'affreux déshonneur ;
Grands Dieux ! ayez pitié d'un père,
Et rendez l'espoir à son cœur.
Je saiš qu'une loi trop sévère
Condamne ma fille au trépas,
Mais la coupable m'est trop chère,
Non, non, je n'y survivrai pas.
Hélas ! pour comble de misère,
Je dois prononcer son arrêt ;
Juge impassible et sanguinaire,
Du supplice ordonner l'apprêt...

O Dieux ! écoutez ma prière, etc.

SCÈNE II.

EDGARD, OTHON.

OTHON.

RESPECTABLE Edgard !....

EDGARD.

C'est vous ! vous la cause de ma honte, de mon malheur, de ma mort !

OTHON.

Suspendez vos reproches, je viens réparer ma faute.

EDGARD.

La réparer ! malheureux, cela est-il possible ? Non, je n'ai rien que d'affreux à attendre de vous.

OTHON.

Je puis sauver votre fille ; qu'elle veuille s'abandonner à mes soins, à mon amour.

EDGARD.

Sauver ma fille ! celui qui l'a perdue, la sauver ! ignores-tu, cruel, que, chef de ce peuple, je suis le premier juge de ceux qui enfreignent les lois ! juge de ma fille, je ne ferai pas pour la sauver, ce que je punirais dans un autre ; je l'aime mieux morte que déshonorée. Lâche ! tu l'entraînes dans l'abîme de la séduction, quand je n'attendais qu'un mot de sa bouche pour vous unir ! Si elle t'aimait, barbare, ai-je contraint son penchant ; ai-je tyrannisé son cœur ? Jouis de ton affreux triomphe, tu savais que la loi ne frappe qu'un sexe faible et sensible ; tu savais que les hommes ont le droit de corrompre impunément ; et tu précipites une intéressante victime dans un danger que tu ne partages point !

OTHON.

Tout peut se réparer, vous dis-je ; sans parler de ma puissance qui peut la soustraire à la rigueur des lois....

EDGARD.

Ta puissance ? eh ! ne puis-je pas la sauver, si je veux être injuste ? Elle sera jugée, te dis-je ; si rien ne l'excuse, je la condamne ; je te maudis, et je meurs avec elle.

OTHON.

Vous vous refusez à ce que je lui rende la liberté, la vie ?

EDGARD.

Oui, si elle doit la traîner dans l'opprobre. Laisse-moi.

OTHON.

Le tems presse, écoutez-moi.

EDGARD.

Laisse-moi, te dis-je.

OTHON.

Sachez au moins que je puis lui rendre l'honneur.

EDGARD.

L'honneur ?

OTHON.

L'honneur et l'innocence aux yeux de tout le peuple.

EDGARD.

L'honneur ! l'innocence ! ah ! parle, parle, je t'écoute.

OTHON.

Tout dépend d'elle. Comme souverain, comme juge vous pouvez disposer de tous les moyens légitimes. Permettez qu'on la conduise dans ces lieux ; que gardée à vue, elle puisse cependant m'écouter et me répondre.

EDGARD.

Que peut cet entretien ?

OTHON.

La justifier, lui rendre l'innocence et le bonheur.

EDGARD.

En as-tu le pouvoir ?

OTHON.

Les momens sont chers ; je ne puis m'expliquer : sauvez votre fille quand il en est encore tems.

EDGARD.

Tu ne m'abuses point ? Son séducteur....

OTHON.

Dévoilera un secret qui va tout réparer.

EDGARD.

Tu veux la sauver, tu le veux sincèrement ?

OTHON.

Le tems presse, l'arrêt fatal va se prononcer, bientôt vous-même....

EDGARD.

Tu me fais frémir.

OTHON.

Hâtez-vous ; qu'Ina m'entende, et le bonheur va renaître.

EDGARD.

Dieu, qui ranimez mon espoir, veillez sur un malheureux
père : pardonne à la nature de faire fléchir la justice. O Dieu !
l'homme infortuné vous tend les bras, et vous ramenez le
calme dans son cœur.   (*Il sort.*)

SCÈNE III.

OTHON, *seul.*

JE la verrai. Elle saura ce que j'ai fait pour la forcer à
s'abandonner à moi. Innocente, elle paraît coupable. D'un
côté, l'opprobre et la mort ; de l'autre, mon amour et ma main :
elle n'a plus que ce choix : hésiterait-elle ? oserait-elle ba-
lancer ? Je verrai donc cette beauté superbe, humiliée et trem-
blante, forcée d'implorer mon secours, heureuse de l'obtenir.
Amour, vengeance, je ne sais qui de vous règne plus puis-
samment dans mon cœur. Elle vient....quelle tristesse ! quel
abattement ! sa douleur expie les maux que j'ai soufferts.

SCÈNE IV.

OTHON, INA, *conduite par des gardes.*

INA, *aux gardes.*

Où me conduisez-vous ?...Ciel ! Othon !

UN GARDE.

Nous avons l'ordre de vous laisser près de lui.

(Les gardes se retirent dans le fond.)

OTHON.

Approchez, belle Ina ; ne me redoutez point.

INA.

Te redouter, monstre ? va ! tu ne m'inspires que l'horreur.
J'ignore comment tu as pu me faire croire coupable du crime
dont on m'accuse ; mais quel que soit mon supplice, il n'égale
pas celui de t'avoir devant les yeux.

OTHON.

Poursuivez, Ina; ce ton convient sans doute à votre malheur....mais quelle que soit votre haine, rien ne me détournera de vous rendre l'innocence.

INA.

Me rendre l'innocence! perfide! me l'as-tu ravie? Tu as voulu me perdre, tu as réussi; mais mon ame est tranquille, et ma mort te fera trembler. Les hommes égarés me condamnent; mais mon juge est là haut, il sera le tien. Opprimé par les méchans, il reste au juste le sein de l'éternel. Jouis de la vie affreuse qui te reste à traîner sur la terre; tu mourras un jour, et ta mort sera plus affreuse que celle qu'on me prépare. Ton ame et la mienne ne prendront pas la même route; aux lieux où Dieu m'appelle, je ne crains pas de le rencontrer.

OTHON.

Ina, le glaive est suspendu sur votre tête; en me bravant, vous courez au trépas.

INA.

Mais je te fuis, et cela me console.

OTHON.

Femme cruelle, écoutez-moi.... Oui, je suis un monstre, vous devez me haïr. Par une trame affreuse, j'ai osé noircir l'innocence. L'amour, l'amour furieux m'a fait commettre le crime qui cause votre malheur. Faut-il tout dire? j'ai voulu vous forcer à avoir besoin de mon secours: on vous croit criminelle, je suis seul coupable; mais un mot de vous peut tout réparer, et vous rendre le bonheur. Consentez à m'avouer pour époux; supposons, déclarons qu'un mariage secret a rendu légitime la démarche qu'on vous reproche comme un crime digne de mort. Dès-lors vous n'êtes plus fille d'Edgard : épouse d'Othon, vous échappez à la loi terrible qui demande votre sang.

INA, *avec calme et dignité.*

Le supplice qu'on me prépare est donc bien affreux, s'il faut que je lui préfère le malheur d'être à toi?

OTHON.

Vous osez résister?

I N A.

Tu oses me proposer de m'avilir ?

O T H O N.

Ina ! Ina ! le supplice vous menace.

I N A.

Il a commencé dès que je t'ai connu.

O T H O N.

Femme imprudente, votre orgueil....

I N A.

L'orgueil sied à la vertu persécutée.

O T H O N.

Un mot, un mot de vous.

I N A.

Fuis, monstre ; voilà ce mot.

D U O.

O T H O N.

Eh bien ! allez ; perdez la vie,
Je vous livre à votre destin.

I N A.

Moi, je te livre à l'infamie,
Et cet arrêt est plus certain.

O T H O N.

C'est votre adieu ?

I N A.

　　　　　　Qu'il te suffise.

O T H O N.

Vous me bravez ?

I N A.

　　　　　　Je te méprise.

O T H O N.

Suivez mes pas.

I N A.

　　　　Affreux destin !

OTHON.

Unissons-nous.

INA.

Lien funeste !

OTHON.

Je t'aime encor...

INA.

Je te déteste.

OTHON.

Je suis toujours...

INA.

Mon assassin.

ENSEMBLE.

OTHON.	INA.
Plus de pitié, plus de clémence !	Dieu tout-puissant, dieu de vengeance,
Tu veux périr, tu périras :	Ma douleur ne t'accuse pas ;
J'aurai du moins, par ton trépas,	Mais au moins, après mon trépas,
L'affreux plaisir de la vengeance.	Fais éclater mon innocence.

OTHON.

C'en est fait.

INA.

Laisse-moi.

OTHON.

Frémissez.

INA.

Je t'abhorre.

OTHON.

Vous voulez....

INA.

Rien de toi.

OTHON.

Mon courroux !...

INA.

Il m'honore.

OTHON.

Du supplice voici l'instant....

INA.

Ta présence m'est plus cruelle.

OTHON.

Le glaive brille.

INA.

Un dieu m'appelle.

OTHON.

L'heure a sonné.

INA.

L'enfer t'attend.

ENSEMBLE.

OTHON.	INA.
Plus de pitié, plus de clémence !	Dieu tout-puissant, dieu de vengeance,
Tu veux périr, tu périras :	Ma douleur ne t'accuse pas ;
Je goûte au moins, par ton trépas,	Ta justice, après mon trépas,
L'affreux plaisir de la vengeance.	Fera briller mon innocence.

INA.

Gardes ! conduisez-moi.

(*Les Gardes l'escortent et la ramènent dans la prison.*)

SCÈNE V.

OTHON, *seul.*

N'ACCUSE donc que toi du sort affreux qu'on te prépare.
Puisse cette fermeté ! . . . . mais que dis-je ? il me reste de
l'espoir. Ébranlée par l'appareil du jugement, elle sentira le
prix du secours que je lui offre ; je puis alors déclarer. . . .
Dans ce moment terrible, osera-t-elle me démentir ? Il faut
le tenter ; mais si elle résiste. . . . On vient, contraignons-nous.

SCÈNE VI.

OTHON, LES DEUX GUIDES.

UN GUIDE.

SEIGNEUR, vous êtes seul ?

OTHON.

Eh bien ! suis-je obéi ?

LE GUIDE.

Oui, seigneur ; vos ordres sont exécutés, vous ne la reverrez plus.

OTHON.

Personne ne peut soupçonner....

LE GUIDE.

Personne n'a pu suivre nos traces. Elle a subi son sort près du lac, dans la forêt, au milieu de la nuit.

OTHON.

Prenez cet or, et fuyez. Gardez-vous de paraître dans ces lieux, tant que je serai à la cour d'Edgard.   (*Il sort.*)

SCÈNE VII.

LES DEUX GUIDES.

UN GUIDE.

PARTAGEONS cette bourse, et partons avant qu'il puisse savoir ce qui nous est arrivé.

L'AUTRE GUIDE.

Je tremble de revoir ce démon qui nous a fait tant de frayeur.

UN GUIDE.

Comme il frappait ! si la nuit n'eût égaré ses coups, il m'aurait fait boire l'eau du lac.

L'AUTRE GUIDE.

Si je n'avais pas eu plus de légéreté que de courage, il m'aurait cloué à un arbre.

UN GUIDE.

Nous avons échappé, nous avons menti, et nous sommes payés, voilà ce qu'il y a de mieux.

L'AUTRE GUIDE.

Partageons.

U N G U I D E , *pesant la bourse.*

Othon est généreux.

L'A U T R E G U I D E.

Oui , pour le mal. Partageons.

(*Ils veulent compter l'or de la bourse.*)

SCÈNE VIII.

LES GUIDES, ARIODANT.

A R I O D A N T *s'avance derrière eux.*

Scélérats!

U N G U I D E.

Ah ! c'est lui !

L'A U T R E G U I D E.

Nous sommes morts!

(*Ils fuient l'un d'un côté, l'autre de l'autre , et laissent tomber la bourse.*)

SCÈNE IX.

A R I O D A N T , *seul, ramassant la bourse.*

Voila donc le prix du crime ! qu'il serve contre lui ....
Ne faisons rien paraître....que le père d'Ina, que mon frère
même ignorent ...... Oui, il faut à ma vengeance un éclat
solemnel. Mais que vois-je ? mon frère !

SCÈNE X.

ARIODANT, LURCAIN.

L U R C A I N.

Ariodant ! ah ! mon frère , que d'inquiétudes tu m'as
causées. Le trouble de tes sens m'a fait craindre pour ta vie.

ARIODANT.

Il est calmé, mon frère ; la raison lui succède.

LURCAIN.

J'ai accusé ton indigne maîtresse.

ARIODANT.

Je le sais.

LURCAIN.

Voici l'heure où elle va être jugée selon la rigueur de nos lois.

ARIODANT.

Je viens pour en être témoin.

LURCAIN.

Aurais-tu pour elle une pitié coupable ?

ARIODANT.

Non.

LURCAIN.

Voudrais-tu l'excuser ? la soustraire au jugement ?

ARIODANT.

Non ; je veux qu'elle soit jugée, et que le crime paraisse dans son affreux éclat.

LURCAIN.

Je suis content de toi. Celui qui épargne le crime, n'aime point assez la vertu.

ARIODANT.

Mais Othon ? mais ce corrupteur ? jouira – t – il de l'impunité ?...

LURCAIN.

C'est mon affaire. En faisant punir sa complice, je me réserve le droit de lui payer son salaire. Comme accusateur, j'ai le droit de faire paraître tous ceux qui peuvent donner quelques clartés sur le crime. Othon est gardé à vue, il ne peut sortir de l'enceinte du château ; après le jugement de la coupable, le jugement d'Othon commencera, et son juge, le voilà. (*Il montre son épée.*)

ARIODANT.

Mon frère, cet honneur m'appartient. Mais par quelle fatalité la loi épargne-t-elle le corrupteur quand elle punit la faiblesse ?

LURCAIN.

Cette loi est sage ; elle est fondée sur l'honneur ; elle rend les fautes plus rares. Deux amans qui courraient le même danger, s'aveugleraient sur leur faiblesse, ne s'effraieraient point d'un péril qui leur serait commun, et se consoleraient dans la certitude de périr ensemble ; mais quand la femme seule est punie, quel est le monstre qui voulût exposer sa maîtresse à un danger qu'il ne partage point ? Othon était le seul qui pût le concevoir, et en profiter ; mais ce que la loi ne fait point, Lurcain le fera.

ARIODANT.

Quel bruit se fait entendre ?

LURCAIN.

Il annonce le jugement !

SCÈNE XI.

LES PRÉCÉDENS, EDGARD, deux Juges, les Amis d'ARIODANT, Gardes, Peuple.

(Ils entrent sur une marche solemnelle, Edgard et les Juges se placent à la table.)

EDGARD.

Je jure devant ce Dieu, qui m'a revêtu d'une si pénible fonction ; je jure d'oublier que je suis père, et de n'écouter que la justice.   *(Il s'assied.)*

(La marche reprend, et des Gardes conduisent Ina devant ses Juges.)

SCÈNE XII.

LES PRÉCÉDENS, INA; *elle est voilée.*

EDGARD.

Vous, qui étiez ma fille, répondez, et justifiez – vous s'il est possible. Voilà vos accusateurs, ils sont témoins du crime qu'on vous impute ; leur nombre surpasse celui prescrit par les lois. Ils ont écrit et signé qu'au milieu de la nuit, vous avez reçu un corrupteur ; que vous l'avez introduit vous-même, ils vous ont reconnue ; les témoins muets de votre faute, sont restés chez vous, et sont entre nos mains. Si, malgré ces terribles apparences, vous pouvez vous défendre, parlez, répondez. (*Silence.*) Le refus de répondre entraîne votre perte; répondez. (*Silence.*) Après un troisième refus, il ne m'est plus permis de vous interroger davantage....Parlez, parlez. (*Silence.*) Dieu ! plus d'espoir....Les faits n'étant donc que trop vrais, et votre silence les confirmant encore....(*A part.*) Dieu ! soutenez mon courage. (*Haut.*) La loi vous condamne....

SCÈNE XIII.

LES PRÉCÉDENS, OTHON ; *il entre précipitamment.*

OTHON.

Arrêtez ! la loi n'a point d'action sur elle ; elle n'est plus fille d'Edgard, elle est l'épouse d'Othon.

TOUS.

Dieu !

OTHON.

Les nœuds de l'hymen nous unissent dès long – tems, et quoique secrets ils n'en sont pas moins sacrés. Une inimitié passagère survenue entre Edgard et moi, m'empêcha de lui révéler ce mystère : mais voilà mon épouse, et la démarche dont on lui fait un crime, n'est plus que la suite naturelle d'un lien respectable.

LURCAIN, *à Ariodant.*

Est-il possible.

ARIODANT.

Mon frère, calmez-vous.

EDGARD, *à Ina.*

Ina, votre silence semble confirmer la déclaration d'Othon ; si elle est vraie n'hésitez point à l'affirmer vous-même. Reconnaissez-vous cet homme pour votre époux ?

DALINDE.

Non.

(*Elle se dévoile, et on reconnaît Dalinde sous les habits d'Ina.*)

TOUS, *excepté Ariodant.*

Ciel ! Dalinde !   (*Othon fuit.*)

DALINDE.

Oui, c'est moi ; moi coupable, qu'un dieu conduit ici pour rendre hommage à l'innocence, à la vertu. Séduite par les promesses de ce monstre qui vient de fuir , j'ai consenti à ce déguisement qui vous a tous trompés, et qui a fait le malheur de ma chère maîtresse. J'étais loin de croire que cette faute dût la plonger dans un pareil abîme, et je ne voulais que la forcer à s'unir à un homme que je croyais digne d'elle. Le perfide me fit conduire par deux brigands qui allaient m'égorger dans le sein de la forêt, dans l'horreur de la nuit. Je méritais d'y périr , mais le ciel voulut que je vécusse assez pour expier mon crime , et pour faire éclater l'innocence. Ce jeune héros conduit par la providence me délivra des mains de mes bourreaux ; il adore la vertueuse Ina , il connut la trame ourdie contre elle , et me ramena pour la sauver. Escortée par des gardes, sous ces habits je fus introduite dans la prison de ma maîtresse ; j'en sors maintenant pour lui rendre l'honneur, et pour subir seule la peine du crime que seule j'ai commis. Accusateurs, témoins , si dans ce moment vous avez été trompés par ces vêtemens et par une fausse apparence, jugez quelle dût être votre erreur dans l'obscurité de la nuit.

EDGARD, *à genoux.*

Dieu de bonté ! c'est ainsi que tu signales ta justice ! Gardes ! conduisez Ina près de moi, conduisez ma fille !

LURCAIN.

Mon frère, tu me reverras.

ARIODANT *aux Juges, jettant la bourse sur la table.*

Que cet or soit remis à Othon. Il devait payer le meurtre de Dalinde ; si l'or est le salaire du crime, que cette bourse retourne à son maître.

DALINDE, *à Edgard.*

Seigneur, il ne me reste plus qu'à entendre mon arrêt.

ARIODANT.

Juges, Dalinde est étrangère, vos lois ne peuvent l'atteindre, elle ne les a point connues ; elle nous rend le bonheur ; elle empêche un meurtre ; elle rend à l'innocence tout son éclat. Si quelqu'un l'accuse, je me déclare son défenseur.

EDGARD, *à Dalinde.*

Tu m'as rendu ma fille, et tu nous prouves que le repentir a souvent le prix de l'innocence.

SCÈNE XIV.

LES PRÉCÉDANS, **INA.**

EDGARD.

VIENS, fille digne moi.

INA.

Oh! mon père, je sens votre bonheur.

CHOEUR.

Père auguste, fille chérie,
Jouissez de votre bonheur :
Belle Ina, que votre ame oublie
Ce jour passé dans la douleur,
Et qu'il soit le dernier malheur.
Qui puisse affliger votre vie.

(Pendant ce chœur, Ina sourit successivement à toutes les personnes de sa cour, et donne la main à Dalinde, qui tombe à genoux et la baise.)

EDGARD.

Ma fille, voilà le héros par qui l'honneur t'est rendu. J'ignorais son amour....

INA.

Je n'osais vous avouer le mien. De deux rivaux qui se disputaient mon cœur, l'un voulut me condamner à la mort et à l'infamie, l'autre me rendit la vie et l'innocence.

EDGARD.

Ariodant, mon fils, voilà ton épouse ; elle seule peut payer tes vertus.

INA et ARIODANT *dans les bras d'Edgard.*

O mon père !

EDGARD.

Que tout se dispose pour l'hymen de ma fille. Le jour où son innocence éclate, est le jour le plus propice pour un nœud si sacré.

ARIODANT.

Arrêtez, seigneur : avant de mériter un si noble prix, j'ai un devoir à remplir. Le calomniateur de votre fille respire encore, il est libre ; je l'appelle au combat ; je veux qu'une vengeance solemnelle effraie les monstres qui tenteraient de l'imiter ; je veux devant ce peuple lui faire confesser son crime, et l'immoler à la vertu qu'il outrage.

SCÈNE XV ET DERNIÈRE.

LES PRÉCÉDENS, LURCAIN.

LURCAIN.

RESTEZ, mon frère : ne cherchez point Othon, cela est inutile.

ARIODANT.

Qu'est-il donc devenu ?

LURCAIN.

Il est mort.

EDGARD et INA.

O ciel !

LURCAIN.

Le combat n'a pas été long ; j'ai paru, il a frémi ; il a
voulu fuir, je l'ai tué.

ARIODANT.

Mon frère, tu me dérobes ma proie.

LURCAIN.

N'en parlons plus, et que ce nom odieux ne ternisse pas la
pureté de ce jour.

EDGARD.

Mes enfans, mes amis, partagez mon bonheur, et embellissez une fête qui ne sera plus troublée par le crime, et
par la douleur.

CHOEUR FINAL.

Belle Ina, que votre ame oublie
Ce jour passé dans la douleur,
Et qu'il soit le dernier malheur
Qui puisse affliger votre vie.

FIN.

De l'Imprimerie de BALLARD, rue J.-J. Rousseau, n°. 14.

www.ingramcontent.com/pod-product-compliance
Ingram Content Group UK Ltd.
Pitfield, Milton Keynes, MK11 3LW, UK
UKHW021652130726
13696UKWH00004B/1567